못다 쓴 편지

윤무중 제3시집

시음사
시사랑음악사랑

시인의 말

지금까지 내가 살아온 발자국을 더듬노라면 어설픈 날들이 마냥 부끄럽고 또 하찮은 것들이 많아 내 발목을 잡지만, 그때마다 그림자라도 남아 있기를 바라는 마음으로 시작한 어설픈 시(詩) 쓰기로 위안을 갖게 되었다.

내 자신을 알고 있으니 부끄러울 것도 창피할 것도 없으련만, 그래도 산다는 의미가 무엇인지는 알아보고 싶지 않겠는가, 그동안 썼던 글을 서재에 올려보고 시집을 내서 독자와 공유하고 시 낭송을 통해 의미를 찾아보려 했던 기대가 제1, 제2 시집과 함께 제3 시집을 통하여 공고히 할 수 있어 정말 다행이다.

언제나 詩에서는 총체적 진실을 찾아내 가급적 현재의 순간을 표현하려 하고 관념적 묘사보다는 드라마틱한 묘사가 필요하고 진실(진솔)을 바탕으로 최소의 언어로 최대의 뜻을 표현할 수 있어야 한다고 생각한다. 이는 가식이 없어야 함이 중요하고 사물에 별명을 찾아내는 것이 될 것이라 믿는다. 한마디로 詩는 총체적 진실을 이미지, 은유, 상징, 신화로 형상화 함축하여 생각을 표출하는 것이라 할 수 있을 것이기 때문이다. 나는 시(詩)쓰는 일은 언제나 사물의 그림자와 만나는 일이라고 생각한다. 빛이 비친 후 그림자가 나타날 때 시상이 떠오른다.

나의 시집 "사랑한 만큼 꽃은 피는가" "손길로 빚어 마음에 심다"는 내 주변에 존재하는 사물에서 과거든 현재든 보고, 느끼고, 사고했던 일들을 표현해 놓은 것이 많다. 나는 언제나 주변에 있는 사물에서 비친 그림자를 생각하고 그 뒷모습과 그것들이 떨어진 채 바람에 날리는 깃털을 하나씩 주워 꿰매듯 시를 쓴다. 그리고 그 형상에 맞는 시어를 찾아 몇 번이고 수정하여 완성한다.

시(詩)에서는 세심한 관심과 사랑이 넘치고 세밀한 관찰과 보살핌을 이끌어 시의 의미와 가치를 연결하는 데 중점을 두어 자연의 뜻을 우리에게 적응하려 노력한 것이라고 말할 수 있다.

이번 제 3 시집 "못다 쓴 편지"는 우리가 함께 살아가면서 관심과 사랑과 배려를 갖는다는 것이 무엇보다도 소중하고 그것을 글로 표현한다는 것은 삶의 윤활유가 될 것이므로 한층 홀가분한 마음으로 앞으로도 싯(詩)길을 가고 싶다. 어느덧 오는 2022년 6월 25일 저희 부부는 금혼식을 맞는다. 사랑하는 아내에게 제3 시집을 바친다.

2022년 5월
시인 윤무중

* 목차

1부 못다 쓴 편지

2부 그리움에 젖어

* 목차

* 목차

QR코드   스마트폰으로 QR 코드를 스캔하면
시낭송을 감상할 수 있습니다

본문
시낭송
감상하기

 제목 : 그대는 찔레꽃
시낭송 : 박영애

 제목 : 못다 쓴 편지
시낭송 : 박영애

 제목 : 홍시가 열리던 날
시낭송 : 박영애

 제목 : 벚꽃 편지
시낭송 : 박영애

 제목 : 그때가 되면
시낭송 : 박영애

 제목 : 벗
시낭송 : 조한직

 세목 : 눈빛
시낭송 : 박영애

 제목 : 시간은 내 편
시낭송 : 박영애

 제목 : 이별의 슬픔
시낭송 : 장화순

 제목 : 삶의 지혜
시낭송 : 박순애

 제목 : 나팔꽃 인생
시낭송 : 박영애

 제목 : 바다는 나를 부른다
시낭송 : 최명자

 제목 : 한강은 흐른다
시낭송 : 박영애

 제목 : 목련화 편지
시낭송 : 박영애

시인은 자연을 이야기하고 시낭송가는 자연을 품었다
글자는 날개를 달아 언어로 날고 소리는 자연에 눕는다

1부 못다 쓴 편지

붉은 장미꽃

뜨거운 햇살에 반한 너는
얼굴 언저리가 붉어진 채로
바람을 맞으며 미소로 답한다

고개를 꼿꼿이 세우고
아침이슬로 세수하여
지워지지 않는 추억이지만
아름답기만 하구나

겹겹이 쌓인 애정 감추며
남김없이 보여주는
마지막 열정은 피를 토하는 듯

이제 잊히는 사연을 움켜쥐고
사랑의 고백을 하는 몸짓
이보다 더한 열정은 없도다

그대를 만나면서

그대는 너와 만나기를 좋아한다
사랑하는 마음에 빈틈이 생기면
곁으로 가까이 다가오려는데
어느 때는 지난 추억의 그림자와
그리움으로 함께 찾아온다

사랑하는 공간이 꽉 차버리고
다시 빈틈을 찾아 나서는데
만나면 후회되고 떠난 후엔
그리워지는 것이 인지상정
내 곁에서 감성적인 그림자로
내 품에 잠들기를 바란다

그대를 만나지 못하면 기력이 없고
무언가 잃어버렸던 것을
찾지 못한 듯 허둥댄다
나에게 마음의 평정과 사랑을
주는 것은 그대뿐이 아닐는지

그대를 사랑하고 좋아하는 것은
내가 갖는 삶의 의미와 존재를
비춰주는 신호등이기에
오늘도 영원히 사랑하여야 할
그대를 만날 꿈을 꾸고 있다

6월 그리고 장미

언제나 미소 띤 님이시여
속삭일 듯 말 듯 한 말
사랑하오. 진정 사랑하리오
어젯밤 이슬 머금어
빨간 입술 보란 듯
님 향한 그리움 가득하네요

6월 아침 찾아온 님이시여
움직일 듯 말 듯 한 몸짓
어찌하오, 나는 어찌하리오
어젯밤 향기 머금어
가녀린 몸짓 보란 듯
님 향한 외로움 다가오네요

6월 저녁 떠났을 임이시여
그립고 외로움이 엄습하는데
떠난 님 보고 싶음에 내 마음에 눈 시려
사랑하오. 진정 사랑하리오
어찌하오. 나는 어찌하리오

가을 노래

울긋불긋 나뭇잎이 바람 따라
서로 춤추며 가을을 맞이하듯
우리도 정겹게 손잡고 함께 춤추며
사랑이 깃든 가을을 맞아요

이 가을 아름답게 볼 수 있다는 것은
당신과 함께 있기 때문
가을 노래 부르면 사랑과 배려는
평생을 살면서 베푸는 거지요

가을이 오면 가슴을 후련하게 하듯
삶의 때가 깨끗이 지워지는데
가을 향기 맡으며 풍요로움이 되듯
우리의 삶도 점점 나아져요

잎이 떨어질 때

새벽 골목길 따라 나무 계단에 오르면
밤새도록 날 어지럽혔던 마른 상념이
여기저기 나뒹군다
나는 오늘도 어김없이 상념을 밟으며
기꺼이 일상으로 돌아간다

파란빛이 한창 어울릴 때
뒤돌아 갔던 길목에 스쳤던 추억이
쌓여 있다
어제의 영광과 기쁨도 부끄러움도
한 얼굴로 결국 떨어지고 말 것을

네가 손짓하고 있다
돌아 돌아 너의 부름의 날이 오면
오롯이 가슴에 너만을 담아
기쁘게 떨어지련다
잎이 떨어질 때만은 슬픔을 기쁨으로
바꾸고 싶다
그리고 당당하게 떨어질 것이다

겨레의 꿈

혹한에 갈라진 동토에 봄을 맞은
우리 대한의 몸짓으로 통일을 이뤄
환희의 향연과 함께
마음과 마음을 덧대는 일이라

한평생 사랑합니다

며칠간 단비가 촉촉이 내리더니
봄 내음이 땅 밑에서 스며오고
당신의 아름다운 모습과 함께
내 안에 머물러 삶마저 기쁨에 겨워
메마른 여정일지라도 즐겁습니다

세상사 몰라 허우적거리고
후회하면서 알고 있으면서
모른 척하기도 아는 척하기도 했지요
행복과 함께 걸어온 길은
길을 떠난 뒤 돌아보고 또 보며
생각도 못 한 채 급히 뛰었으니
이제는 천천히 쉬어 가면 좋겠습니다

인생길은 외롭고 힘들어
너무나 어려움에 지쳤던 그때만은
이제는 아름다운 꽃길로 되새기고
우리 함께 이곳에서 새롭게 만나
진정한 마음 믿음으로 마주하며
한평생 사랑합니다

고백(告白)

꽃잎이 떨어지고 있다

어제의 흐뭇함에 떨어지고
오늘의 성급함에 떨어지고
내일의 초라함에 떨어지고 있다

햇살이 퍼지면
당당한 내 모습을 보게 되는데
너에게 사랑을 고백하고자
온몸을 일으키고
밤새워 몸부림쳤지만
너는 아직 내 마음 알지 못한다

꽃잎은
지금도 떨어지고 있다

꽃이 필 때면

꽃이 피어 누구를 좋아할 때면
싱그러운 꽃잎마다
울긋불긋 연지곤지를 찍습니다

비가 올 때면 꽃잎으로 얼굴을 묻고
새벽녘 뿌연 안개를 보듬어
더한 아름다운 모습을 기약합니다

바람이 심하게 불 때면
날개를 활짝 펴 비상하는
아름다운 새처럼 날고 싶어 합니다

해바라기 사랑

사랑하는 님이여
간절한 기다림과
내 발돋움으로 목이 긴
기린이어라

사랑하는 님이여
예쁜 머리에
내 얼굴 보듬어 면사포
씌워주어라

사랑하는 님이여
끊임없는 정렬로
님께서 사랑 주니
넘쳐흐르리라

빨리 내 곁에 오시어
그리움에 지쳐 있는
목마른 입술에
입맞춤해주리라

산길

말갛게 빛깔 고운 햇살 햇살
어느새 나뭇잎은 갈색으로
억새꽃은 은빛으로 흔들리는데
계곡물 돌 돌 구르며 조잘댄다

들꽃은 고개 들어 수줍게 웃고
파란 하늘빛 밀려오고
가만히 지켜보던 희미한 낮달
햇빛 따사로운 눈길에 움츠린다

아늑한 이곳에
맑은 산새 소리 메아리 되어
내 품에 안기는데
산길 따라 고적함이 나부낀다

서정시(敍情詩)

너는 언제
저 백자 속에 자리했느냐
부드럽고 뽀얀 그녀의 살결처럼
불그레한 동그란 입술로
온몸을 휘감은 비단옷에
너의 은은한 몸짓에 반한다

넝 빈 채 먼지가 쌓이고
먼 공간만 쌓이고
아름다운 몸에도 쌓이는데

맑은 물소리를 그리워하지
졸졸 흐르던 맑은 물
따뜻한 봄 아침에
나의 영혼 살며시 감추고
천년 인고의 빛을 발하느니

빗소리

새벽녘에 달려온
오랜만에 찾아온 친구처럼
꽃길을 걸어온 예쁜 새색시처럼
갑자기 폭발하는 화산처럼
떠날 시간 아쉬웠고

아직도 낮 더위 극심한데
빗소리 들리는 창가를
벌써 떠나려 이렇게 서두나

빗소리 새벽잠 설치고
차가운 기운 다가오는데
머리가 띵하며 서러움 밀려오고
주룩주룩 시원하게 스친다

나의 가슴에
그는 무더위를 감출 수 있는가
빗소리에 위안 되어 기다려본다

사랑합니다

내가 제일 외로운 날은
당신 없는 날
내가 제일 괴로운 날은
당신 화낸 날

외로움 괴로움
모두 모두 버리고
언제나 우리 함께 합시다

화내지 말고
행복한 마음만 갖는다면
그것이 바로 사랑
사랑합니다

사랑하는 그 자리

강물은 흘러도 그 자리
내 마음만 조급할 뿐 그 자리
천천히 가든 빨리 가든
우리 함께할 수 있다면
나 그대에게 다가가렵니다

아무리 외로운 시간이라도
사랑의 하트 마음에 담고
예쁜 꽃 그림 그리면서
나 그대에게 다가가렵니다

오늘도 사랑하고 싶습니다
당신과 나를 위한 그 자리
사랑하는 그 자리
영원히 행복해지고 싶습니다

아름다운 삶을 위한 시(詩)

이 세상에 태어나 숨 쉴 수 있다면
기쁨이요 행복이거늘
이를 기꺼이 하는 것은 환희이어라
여기에 한 땀 한 땀 엮으니
아름다운 삶을 위한 시가 될 것이다

너와 함께 나를 나와 함께 너를 거두며
한 계난 두 세단 오르고 또 올라
산새들 지저귀는 숲길을 걸으니
이 또한 시를 위한 아름다움이 될 것이다

하늘과 땅 사이 존재하는 모든 것들이
서로 미움 없이 어우르고 뒹굴면
그것으로 인한 하나의 조화를 이루니
이 또한 우리를 감동하게 될 것이다

아름다운 삶을 위한 시는 당신과 함께
하늘 높이 소리치며 즐거워하고
시에 물어 아름다움을 노래하면서
함께하는 순간이 행복이 될 것이다

사랑의 꽃

서로를 보듬어 주고
서로가 아껴주는
아낌없는 삶이 되게 하소서

서로가 행복해지고
서로를 감싸주는
따뜻한 삶이 되게 하소서

서로에게 믿음 주고
서로가 사랑하는
아름다운 삶을 살게 하소서

진실로 생각하고
마음으로 느끼는
사랑의 꽃을 피우게 하소서

봄 햇살 내리는 풍경

봄의 힐조에 눈부신데
윤슬이 여기저기 다투고
꽃가람에 널브러져
파란 마루에 머무르고
아스라이 다소니 같다

물비늘이 수놓고 있는데
온새미로 내 몸을 맡기어
소소리바람 떠나기 전
봄 햇살에 아련히 취해
그때를 잠시 떠올린다

그대는 찔레꽃

산기슭 곱게 핀 하얀 찔레꽃
내 가슴에 아롱져 깃드는데
오월의 언덕에 피었다가 칠월에 져버린
가녀리고 짧았던 그 세월이 너무도 아쉬워
그대가 머물렀던 그곳에 피었습니다

한결같이 해마다 곱게 피어
아련하고 그리웠던 철부지를 만나려
미소 띤 얼굴로 기다렸을 그대를
나는 차마 쳐다볼 수 없었습니다

눈부신 아침햇살을 머금은 하얀 찔레꽃
지난 꿈속에도 활짝 피어
사랑하는 그대의 순수한 정을
지금도 아낌없이 주고 있습니다

가난하고 어려웠던 시절처럼
정녕 그대는 다하지 못한 아쉬움을 뒤로
지금 이 자리에 온화한 미소로
영원히 피어 만나기를 바랍니다

 제목 : 그대는 찔레꽃
시낭송 : 박영애
스마트폰으로 QR 코드를 스캔하면
시낭송을 감상할 수 있습니다

그대 목소리

편지를 쓴다
밤하늘 별빛 사이로
외로움 따라 말없이 떠나려 하는데
속삭이는 그대의 목소리 듣고파

내가 쓴 편지는
그리움이 젖어 있을지도 몰라
그것에 취하고 나면
모든 것을 잊게 되어
가련한 독백으로 남는다
그 뒤엔 서글픔과 회안이 있을 뿐

오늘도 편지를 쓴다
속삭이는 그대 목소리로
듣고파 보고파 편지를 쓴다
거기엔 그리움이 배여 있고
순수한 정을 줄 수 있어
편지를 쓴다

못다 쓴 편지

오늘도 잠 못 들어 뒤척이다가
그대에게 편지를 씁니다
매일 무슨 사연 있길래
내 가슴에 간직한 사연을 말하려 하지만
못다 한 말이 많습니다

사랑한다 말하려 하지만
어떻게 해야 할지 모릅니다

아마도 내가 쓰는 편지는 내 생전에
다 쓸 수기 없을 것 같습니다
그렇지만 언젠가는 솔직히 고백하면
내 마음을 알아주리라 믿습니다

그날은 아마도 내가 기억할 수 없을 때가
되지 않을까 걱정입니다

사랑하는 님이여 그 많은 사연을
누에가 명주실을 뽑아내듯
그것이 진정한 내 마음이라는 믿음에
행복이고 사랑이라면
지금까지 써 온 보람으로 생각합니다

못 다 쓴 편지라 할지라도
지금처럼 사랑이 영원하다는 것을
솔직히 고백하고 싶습니다

제목 : 못다 쓴 편지
시낭송 : 박영애
스마트폰으로 QR 코드를 스캔하면
시낭송을 감상할 수 있습니다

사랑의 세레나데

언제나 같이 가리
남남이 만나 서로 아는 듯 모르는 듯
얼마나 애가 탔는지

내 곁 내 맘 같기를 바라
서로 가까운 듯 먼 듯 망설이며
얼마나 기다렸는지

사랑하는 사이 꽃길을 걸으며
사랑의 기쁨에 취해
아련한 가슴에 스며든다

사랑하는 사이 어제보다 오늘이
애정이 넘치고 넘쳐
안개 같은 아련한 사랑의 나래를 편다

2부 그리움에 젖어

상고대

어젯밤 밤새 북서풍에 달려온
차디찬 눈보라에 뿌려놓은 한설이
나뭇가지 끝 마른 잎이 떨어지기도 전에
가지런히 하얀 잎에 서릿발이 돋아난다

바람이 불 때마다 고개 들어 인사하고
하얗게 핀 안개처럼 구름에 쌓인 듯
눈부시어 무심코 바라볼 즈음
오늘만은 화려한 햇볕이 늦으려무나

간밤 뜬눈으로 새워 하얀 물감으로
나뭇가지에 걸린 잎새에 그림을 그렸는데
애야, 오늘만은 느지감치 세수하려무나
아지랑이 필 때까지 남아 있을까

변함없이 찾아온 반가운 이웃들에게
슬픔을 묻어놓은 미소가 아름다운데
애야 너마저 내 마음 다잡아 주려무나
추위를 이기는 따뜻한 정 줄 수 있을까

여름에 깃든 소리

그들 이곳에 함께 모여
지난 일 속속들이 전하고
넘쳐흐르던 계곡에서 우왕좌왕
휩쓸렸던 어리석음은 모두 떠났습니다

알몸은 깨끗한 기운을 돋우어
차디찬 갯가에서 어른거리고
명경처럼 비추니 속세가 투명합니다

계곡에 흐르는 물소리처럼
빛과 바람이 다가올 때처럼
애잔한 울림으로 귓가를 맴돕니다

맑은 그 소리 언제 들을 수 있을까
뜨거운 햇살과 차가운 그림자에
내 영혼을 붙잡아 놓은 그곳에
영원히 머무를 수 있을까

하루를 날다

오늘은 어제와 같은 줄 알지만 다르다
오늘이 소중하다 하지만
어제가 지났음에 뜻이 있으리라

때는 멀리 있는 줄 알지만
지나고 나면 가까이 있음이라
오늘이 있음은 나를 위한 것이라면
어제는 오늘보다 내일을 위함이리라

나는 너와 같이한다면
삶의 의미를 배가하는 것이련만
하루 살면서 삶이 깊어지리라
오늘은 어제에 남고
내일을 잇는 오늘 하루를 날다

가을이 왔다

머리맡 창문 너머 가을이 왔다
무더운 바람에 잠 못 들어 헤맬 때
나는 네가 오기만을 학수고대했었지

아침 햇살이 비친 소나무와
감나무잎 사이 그림자에도
창가 금전수 뿌리에도 가을이 왔다

하늘엔 파란 물감으로 물들이고
여기저기 갈색빛으로
길게 뻗은 은행나무와
산속에 휘늘어진 숲 사이로
산새 소리에도 가을이 왔다

가을은 매번 변함이 없지만
이 가을은 지났던 가을이 아닌 듯
언제쯤 가을다운 가을이 올까?
갈바람에 내 마음을 흠뻑 적신다

한 계절의 그리움

가을빛 아래 속삭이던 이야기와
상쾌한 갈바람에
무심하게 걸어왔던 시간이 아쉬워
가을이 건네주는 변함을 껴안고
잠시 쉼을 가져보세요

낙엽 한 잎에 감사를 보내며
이 계설이 주는 고마움에 찬사를
한 계절 머물렀던 자리
그리움이 깃든 정 깊은 자리를
한 아름 안아보세요

가을을 밟으며 지날 때
쓸쓸하면 쓸쓸한 대로 놔두고
따사로운 햇살에 몸을 기대는데
멋진 날에 가을하늘처럼
깊고 넓은 마음이면 좋겠어요

잊어버린 추억

둘만이 감춰진 것과 멀어진 것이
어디서 왔다가 언제쯤 가버렸나
서로 감싸주고 새벽부터 어두운 밤까지
기나긴 조바심이 있었거늘

이별이 웬 말인가
그와 함께 얼싸안고 춤도 추었는데
마지막 춤사위에 묻혀 잊어버렸는데

늦가을 감나무 가지에
주렁주렁 매달린 홍시처럼
아쉬움과 허탈감으로 헛발질만
이것이 나의 잊어버린 추억이 아닐까

초여름 빛깔

초여름 하늘 무심코 우러러보면
내 가슴속 동굴 속을 헤매어
넌짓 핑그르르 눈물 돕니다

저 건너 파란 하늘 깊숙한 곳에
선명한 빛깔을 기대했는데
답답함은 왜 그럴까

파란 하늘로 물들고 햇볕이 따가우면
고운 빛 쏟아지는 초여름의 빛깔인데
왜 이리도 우중충할까

언제부턴가 퇴색된 그림으로 남아
흐릿하게 성에 낀 창문처럼
금세라도 비가 올 것같이 되었을까

내 마음 답답한 멍울로 남아
이른 아침 초여름 하늘 다시 올려보면
넌짓 핑그르르 눈물 돕니다

홍시가 열리던 날

파란 하늘 나뭇가지 끝
마지막 몸부림에 주렁주렁
찬바람에 움츠려 매달린 채
단맛이 배어 붉어진 홍시는
어머니를 닮았습니다

하얀 입김에 서린 그 맛
마지막 사랑을 간직한 채
따스한 품 안에 몸을 기대어
차갑고 어두운 긴 밤새우며
어머니의 눈빛엔 한숨이 깃들고
식솔의 시름과 고달픔이 묻어난
자신의 영혼을 선뜻 바치던
당당함을 보았습니다

어머니의 간절한 사랑은
홍시가 열리던 날
꿈속에서 커지던 당신의 모정
아련한 그리움은 사랑과 함께
지금도 홍시로 남았습니다

제목 : 홍시가 열리던 날
시낭송 : 박영애
스마트폰으로 QR 코드를 스캔하면
시낭송을 감상할 수 있습니다

벚꽃 편지

나도 모르게 여명이 비칠 때
내 곁에 다가와 수줍게 귀띔하면
나 또한 반가워 어쩔 줄 몰랐지

지금처럼 끔찍한 사랑이
영원히 변치 않는 하얀 눈송이처럼
덕지덕지 쌓이는데 내가 너를 만날 땐
어느덧 무더운 여름이 오겠지

금시 함박웃음 터질 듯한데
분홍빛 드레스 입은 천사처럼
면사포 살포시 쓰더니만
내 마음속 깊이 덜퍽지게 안기더라

너와 함께 머문 순간에
내 마음 꿋꿋한 열정으로 훨훨 태우며
그대 향한 사모하는 마음 넘치더라

따뜻한 봄날이 짙어 갈수록
겹겹이 쌓여온 그리움 떨쳐버리고
화려한 너의 모습에 내 마음 활짝 열어
한 번쯤 진정한 사랑 고백하고 싶다

제목 : 벚꽃 편지
시낭송 : 박영애
스마트폰으로 QR 코드를 스
시낭송을 감상할 수 있습니다

40

아침에 보내는 편지

꽃을 보면 아름답고
하늘이 맑으면 상쾌한데
오늘도 기분 좋아 행복한 일이
많았으면 좋겠습니다

비록 살아온 길은 달라도
기쁠 때는 함께하고
마음 저려 눈시울 적실 때는
눈물 닦아주며 같이 울어 주는
마음이면 좋겠습니다

그런 마음을 소중히 하고
영원히 영원히 사랑하면서 삽시다
오늘도 이 세상 가장 행복한 사람이
당신이라면 좋겠습니다

갈대처럼

뙤약볕에 길들어진
푸르고 연약한 갈대가
그 모습은 어디로 가고

억센 세월 견디면서
빛이 서서히 바랠 때
그 임도 어디론지 떠나겠지

풍성한 들녘에서
그때 그 숱한 이야기를
주저리주저리 주고받자

내년 이맘때 또다시 만나서
모진 세월 견뎌낸
그 고통 말로 들어보자

수없이 겪은 풍랑의 세월
내 운명이라 순응하며
기쁜 추억으로 만들면 어떨까

산수국 옆에서

어느새 저만큼 지나친 길
그대 함께 손잡고 갈 거라고
그러나 너무나 빠른 걸음
점점 멀어지는데

그래 그때가 좋았던 거야
언젠가 그대 만날 날 있겠지
차마 내색하지 못한 채

그때까지 기다릴 게
지금처럼
그늘진 작은 벤치에 앉아
추억을 더듬으며 회포나 풀어볼까

은행나무잎

햇살 듬뿍 받아 기지개를 켜네요
무더운 바람 따라 자란 잎사귀
덩달아 예쁜 자태를 자랑하네요

그 언덕 은행나무 잎 춤추고
그리움 털어버리고 만나는 그 임
기쁨으로 그날을 기다리고 있어요

그때
좋았던 일 미웠던 일 모두 잊고
행복한 마음 간직하려 하는데
아침 햇살 받으며 미소를 짓네요

단풍 예찬

하룻밤 설치니 사방천지 단풍 물결
노을에 물들고 바람에 쓸리고
내 눈에 머무는 너의 자태는
언제부터 이렇게 황홀하였던가
짙은 화장을 한 여인처럼

오늘은 덧없는 세월이 흐르고
아쉬움에 떠나더라도
이 가슴 터질 것 같은 그 환호성에
이 밤 가기 전 바람 불기 전
너의 모습 영원히 함께하기 바란다

영혼이여, 그리움이여
나를 불살라 너에게 희망을 주는
아름다운 봉사자여
가을의 깊은 고독의 클라이맥스로
너를 좋아하고 사랑한다
내 생애를 망각해 하는 인도자이니까

한 잔의 커피

오늘 마시는 커피 한 잔에
허락되는 삶의 향내를 음미하지만
마셔버린 빈 커피잔처럼
쓸쓸함이 내 안에 맴돈다
어느 날 빈 커피잔에
작별의 시간이 찾아오겠지만
아직도 갈증으로 남는다

따끈한 커피 한 잔처럼
삶 이야기를 조용히 마시고
내가 사는 이 순간이
얼마나 고귀한지 다시 마신다
쓸쓸함과 작별의 빈 잔은
내가 사는 삶 속에서 겪어야 할
커피 한 잔의 추억으로 남아
아련한 사랑으로 피어오른다

그리움에 젖어

화려했던 젊음도 세월 속에 묻히고
보고 싶던 얼굴도 멀어지면서
바쁘게 걸어왔는데
어느새 서산까지 왔으니
안타까울 뿐이다.

흘러간 세월에 휘감겨
생존의 소용돌이에 빠지는데
열정마저 잠시 멈춰본다

삶이란 빠르게 흐르는 물줄기처럼
지나가는 바람처럼
한순간에 남은 세월에 쌓이고 쌓여
오늘도 그리움에 젖는다

봄을 듣는다

지난 밤 만났던 연인이
나에게 눈길도 주지 않고
매서운 적막을 날리더니
마음 활짝 열어 미소를 던진다

대지는 촉촉한 기운을 품고
온기가 나무에 스며들어
서로 그릴 줄 알았다는 듯
얼굴 마주하며 눈빛 건넨다

오늘도 산새 한 마리 봄 찾아
둥지 속에 햇살을 가두고
여기저기 움트는 초록빛으로
내 귀에 다소곳한 봄을 듣는다

어느 봄날

따뜻한 봄날 눈으로 맞는
뽐냄을 보며 길을 걷습니다
맞은편 갯가에 살포시 손짓하는 버들강아지
솜털을 말리며 첫울음을 터트립니다

숲속 길 메말라 가엾던 개나리는
노란 입술에 햇살을 머금었고
맵새 한 마리 사뿐히 바람 타고
벚나무 가지에 앉습니다

물 맑아 흐르니 노랫소리로 봄을 맞으며
사방에 흩어진 영혼의 메아리는
여느 때와 같거늘
내 영역의 자리는 그때와 왜 다를까
어느 봄날이 다시 와도
난 부푼 가슴으로 길을 나서렵니다

세월의 소용돌이

싱싱했던 젊음도 흘러간 세월 속에 묻히고
추억에 잠자듯 그리워진다
그리움 너머에 보고 싶은 얼굴이
하나둘 희미해지고 지금 멈출 수 없어
숨 가쁘게 걸어왔는데
어느새 서산 모퉁이에 왔는데

세월에 휘감기는 생존의 소용돌이를
용케도 빠져나왔는데
뜨거웠던 열정도 벌써 식어가는데
삶이란 지나고 보면
빠르게 지나가는 순간이기에
남은 세월 우리에겐 애착이 머문다

문득

처절하면 처절한 대로
좋다면 좋은 대로
눈앞에 닥치는 것에
삶의 근본이 있음을 안다

내가 어디에 있든
내 꿈은 방대하고 가슴 부풀지만
그 결과는 언제나 초라하여
남는 건 고독과 실망뿐이라

내일을 포기하려 하고
오늘마저도 무의미하다 하지만
뚜렷한 목표가 있다면
활력을 되찾을 수 있을 것이오

내가 기대하는 꿈이
이루어지기를 바라는데
문득 그것이 물거품이 될 것이라
생각할 때가 있지만
나는 언제나 주저하지 않으리라

그때가 되면

오늘이 지나면
무엇인가가 있을 거라 기대되지만
그때가 되면
문득 나만이 덩그러니
혼자 있게 될 때가 있다

그렇게도 빠르게 지나던 봄날
분분히 떨어지던 꽃잎은 얼마나 슬펐던가
뜨겁게 햇볕이 내리쬐던 여름 한낮
축 늘어진 나무들은 또 얼마나 힘들었던가
눈보라에 몸을 가누지 못하던 겨울밤
칠흑 속 북풍한설에 얼마나
고통스러웠던가

그러나 지금은 더는 슬프고 힘들어
고통스럽지 않아
그래도 위로가 되는 것은
새로운 봄날이 오기 때문일 것이다

그때가 되면
이별을 슬퍼하지 말라
이별은 또 만남이 있다는 것과
또 한 번의 아름다운 만남인 것이
이별하기 위한 연습이 아닐까?

제목 : 그때가 되면
시낭송 : 박영애
스마트폰으로 QR 코드를
시낭송을 감상할 수 있습니

지금 생각하면

아침에 나직한 산 위에 올라
안개 낀 앞산을 바라보다가
문득 젊을 적
배고픔에 서러웠던 때가 생각났다.
객지에 사는 것이 고달팠던 그 시절은
막 달릴 수 없는 안개 낀 신작로 같다

지금 생각하면
무엇이 나를 그렇게 힘들게 했는지 모르지만
이 아침 문득 그 고달팠던 시절이
차디찬 안개가 되어 퍼진다
어릴 적 고달픔을 이겨낼 수 있었기에
지금의 내가 있을 수 있지
어릴 적 어려웠던 지난날을
지금 생각하면 어떤 의미일까

3부 널 바라본다

널 바라본다

길가에 움츠려 있다가
어젯밤 꿈에서 임을 만난 후
새잎 돋고 꽃 피우니
모든 시름 잊어버리라 했습니다

널 바라본다
언젠가 훌훌 털어 날려 보내듯
웃음이 사라지고 슬픔이 있는
그 시간은 오지 않는다 했습니다

샛노란 모습으로 세상에 나와
시름에 찌든 널 바라보고
봄을 알리는 것이 바로
바람에 날려지는 이유랍니다

이런 날

비바람에 못 이겨
날아가는 듯 투신한다
이런 날이면
더 많이

핑계 삼아 이런 날을
택했는지도 모른다
헝클어진 머리
눈물도

서러움을 달래기 위함일까
핑계를 대는 걸까
아픔을 덜기 위함일까
어차피 투신해야 하는 것을

기다림

한쪽 구석에 처박혀 흙 묻은 채
쪼글쪼글해진 고구마들
폐쇄된 곳 험준한 낭떠러지 길
숨 막혀 세상 버리려는 자들
그 가운데 하나
살며시 실눈 뜨고 잠이 깨었다

오랫동안 힘겹게 기다리고
혹독하게 제 육신 줄이며
한 계절 지나
숨겨진 씨눈에 빛이 스미는 듯
기다림은 곤경을 탈피하여
생명을 잉태하는 기적인가

클라이맥스를 위하여

국보급 도자기 한 점 얻으려면
수십번 가마를 달군다
예술 사진 한 장 얻으려면
수십 장 수백 장 연거푸 찍는다

나는 좋은 작품을 얻었을 때
그것을 클라이맥스라 하고 싶다
창작은 여기에 빛나는 것이니

완벽한 사랑의 결실
누구나 바라지만 이루기는 어렵다
성공한 창작과 사랑의 순간이
삶의 클라이맥스가 아니겠는가

오늘도 그것을 이루기 위해
나는 정성을 다한다
그것이 어떤 결과이든 상관없으리
오직 최선을 다한다면 말이다
클라이맥스를 위하여

세기를 거닐다 (발칸반도 여행에서)

반도이면서 사막 같은 산맥이 뻗고
멀지 않은 곳에서 머나먼 산과 바다에서
오랜 기간 노 젓던 나룻배 타고
영혼 실어 떠난 세월 언제였던가
알력과 적대는 갈등으로 번지고
화해와 공존에 번영을 누렸건만
온갖 인류의 탈마저 저 아드리아해와
산자락에 불그레한 흔적으로 박혔다
말 타고 달리던 길 따라 이어진 도로에
갈라져 흐른 물길 따라 길을 만들던
아이러니의 발자취를 더듬어 보노라
지난 세월 붙잡아 그 시절로 뒤집고
보란 듯 떠오른 그 시간의 영욕을
우리가 지금 넘나들 수 있겠는가
오직 하나만을 짐작할 뿐
발칸의 화약고는 갈등과 화합의 조화에서
옛것과 현대를 이어 왔노라 믿을 뿐이다
모든 유고의 화합에 티토의 통치는
평화로 펄럭이는 어우러진 깃발처럼
동서로 뻗은 물길은 대양으로 이어진
많은 민족의 번영을 이제는 알고 있다
자고의 발자취가 눈가에 머무르며
발걸음을 재촉하여 나 있는 곳에서
끊임없이 오간 이들의 그림자를 본다

너는 알고 있다

봄볕이 내리면
잎이 피고 꽃의 향연을

햇살이 뜨거우면
숲을 이뤄 쉼의 그늘을

찬 바람이 불면
잎이 아름답게 물들고 떨커를

눈이 올 때마다
가지가지 뻗어 눈의 목말을

너는 알고 있다
사계절 따라 무엇을 할지를
머무를 때와 떠날 때를

살얼음판을 걷다

강가에 서서
때마침 추위를 머금은 강물에
살그머니 펼쳐진 살얼음판
땅땅 지치던 얼음덩이는 보이지 않고
불청객이 찾아왔네

살벌한 언덕에 기대어
요동치는 너희가 불쌍하고 한심해
내 몸 돌아볼 겨를도 없으니
누구를 탓하겠나

나도 너도 살얼음판을 걷거늘
언제쯤 발걸음이 가벼워질지 모르고
따뜻한 봄기운을 찾아 떠나는
방랑자가 될 수밖에
시시때때로 허무하고 허전한 우리
어떻게 하면 될지
모르고 또 모를 일이네

안개꽃

환한 미소와 화사한 자태로
나를 찾은 천사처럼
하얀빛으로 물든 안개꽃을 본다

달빛 어린 그대 얼굴 앳된 모습은
방금 그린 수채화가 마르지 않은
가녀린 여인이 되었나 보다

한 다발 안겨준 안개꽃 송이송이
사랑이 피어난 뭉게구름처럼
그리움의 안개처럼 밀려오는 듯
그대 모습에서 애틋함만 더 쌓인다

오늘은 유난히도 별빛이 밝아
은은한 별빛을 뿌려놓은 것 같은
추억에 잠긴 모습이 되어
가련한 그림자로 남았구나

안개꽃 안아 시름을 잊으라 하지만
그리움만 눈가에 맴도는데
너를 보는 순간 슬픔만 젖어 든다

할미꽃

난생처음 연지 곤지 바르고
그리움에 사무쳐
양지바른 언덕에 피었구나

너를 할미라 부르니
나이가 많아 핀 까닭일까
허리가 구부러져서일까

꿋꿋하고 의젓한 자태
꽃잎이 떨어져 파 뿌리 될 때
이별의 애달픔 잊을쏘냐

훗날에도 그리움에 보고파지면
수풀 속에 꽃으로 피어나
맑은 햇살에 수줍게 웃으리

떠나는 마음

지난 일 잊으러 떠나는가
그리움 맞으러 떠나는가

무언가 급한 일 있다고 하지만
언젠가 가야 할 일이라 하지만
이렇게 빨리 떠날 줄 난 몰랐네

지금 간다고 말 못 하고
떠나야 한다고 말 못 하네
잊힐까 두려운 마음뿐
외로워질까 두려운 마음뿐

이제는 떠나야 할 시간
다음 만나는 날 기약하네
지난 일 잊으러 떠나는가
그리움 맞으러 떠나는가

달맞이꽃

둥근 달 기다림에
살며시 핀 꽃
낮엔 더 가냘픈 모습이구나

달그림자 아래
흐르는 눈물
수줍고 애련한 기다림으로 살았네

딜빛으로 한뜸 한뜸
기우고 기워서
가녀린 노란 꽃으로 피웠네

차가운 밤이슬에 입술을 떨고
포근한 솜털로 몸을 감싸도
어둠 속 달빛이면 어떠냐

달맞이꽃은
새벽엔 입술을 말아 달을 삼키고
한낮에 농인이 되었는가

내 곁에

내 곁에 있다는 거 너무나 소중하다
사랑하면서 곁에 있어야 함은
나를 떠나 있을 수 없는 것
내 곁에 당신이 있음은 나에게 소중함과
삶의 여정에서 행복한 일이다

사랑할 수 있을 때 삶의 의미를 알고
진정한 인간성을 회복하니
얼마나 즐거운 일인가
내 곁에 있음에 사랑할 수 있고
사랑할 수 있음에 행복하고
삶의 보람을 갖게 된다

벗

거추장스럽지 않게
내 몸을 드러내는 것은
허물을 숨기지 않고
전부 보여주는 것은
눈물을 감추지 않고
숨김없이 보이고 싶은 사람은
오직 내 곁에 남아 있어 벗이다

마음에 상처가 있을 때
어루만져 주는 것은
기분이 상하지 않게 배려하는 것과
내가 귀찮게 해도 시비 없이
감싸주는 사람은
매사 잘하든 못하든 변함없이
오직 나를 좋아해 주어 벗이다

내가 외롭고 힘들 때
다독이고 배려하는 것은
네가 있어 행복하고 살 맛있어
벗이어야 벗이라 하니
진정한 의미를 새기고 또 새기노라
벗이여 너에게 나를 맡긴다

제목 : 벗
시낭송 : 조한직
스마트폰으로 QR 코드를 스캔하면
시낭송을 감상할 수 있습니다

똑같은 발길

너도나도 똑같은 발길
한 곳에 가는데도 느낌은 다르던가
쉽게 가는 자 어렵게 가는 자
왜 그럴까

그것은 마음자리 차이
쉽다고 하면 쉬워지고
어렵다면 어려운 것인걸
내 발길은 쉬운 발길인가
어려웠던가

너도, 나도 똑같은 발길
가도 가도 끝없는 발길 쉽게 가련다.
쉽게 가는 자 어렵게 가는 자
왜 그럴까

그것은 마음자리 차이
내 발길은 쉬운 발길인가
어려웠던가
너도, 나도 똑같은 발길
가도 가도 끝없는 발길
쉽게 가련다.

눈빛

그 순간 얼마나 설렜는지
산뜻한 분위기에 새로운 첫인상
황홀한 이끌림은 내 앞에 처음
마주하고 있을 때였습니다

외로움을 타는 수줍은 마음
앞날을 내다볼 수 없을 듯
마음을 붙잡을 수 없던 그 시절
누구에게 기댈 수 없었던 때
허무한 심경에 무기력할 뿐인데

그때 나를 새롭게 반기고
건네주는 눈빛이
얼마나 좋았는지 모르는데
너무나 무력한 시간이었을까
보고 또 보고 마주하고 싶었던 일이
얼마큼 가슴에 머물렀는지 모릅니다

지난 세월 흐르고 나니
다시 오지 않을 그 시간에
오직 남은 시간만이라도
내가 꿈꾼 대로 가고 싶습니다
내 안에 아름다운 정을 심어
하나를 만들고 둘에 매듭을 지어
그 눈빛이 그대로이면 좋겠습니다

제목 : 눈빛
시낭송 : 박영애
스마트폰으로 QR 코드를 스캔하면
시낭송을 감상할 수 있습니다

69

독백(獨白)

겨울은 잠시 잠을 잔다
검은 얼굴에 쉰 목소리
쥐 죽은 듯

어디서 달려와
저 강 물줄기에 도달하고
새들을 불러 신나게 춤추는데

매번 그렇게
네 번은 내쉬고 세 번은 들이쉬고
나는 아직도 그때를 못 벗어
그 밤을 밤새워 서성이네

사람만 변하는가
그 강 그 차디찬 물결
그대로인 것을
어떻게 보이려나 얼떨결에
독백은 나를 주눅 들게 하네

그 순간

멀리서 다가오는 그 발자국
쏟아지는 빗줄기 소복이 쌓인 하얀 눈
새벽녘 자욱한 물안개는
생애 잊지 못할 순간이었네

산다는 것에 즐거움을 찾고
서로 진정한 사랑으로
계곡에서 만나는 기쁨과
산봉우리 오르는 쾌감을
따뜻한 봄볕처럼 가슴 벅찬 설렘이었네

서로 주고받은 속삭임
나를 새롭게 일깨우는
그 순간은 언제이뇨
산등성에 오르는 거친 호흡에
활력이 솟구치니 다 함께 호흡하고
이어주는 그 순간순간

하지 말라 하네

너무 걱정하지 말라 하네
이미 여기에 살고 있어
돌이킬 수 없음으로
너무 슬퍼하지 말라 하네
산다는 것은 슬픈 일 많아
몸에 배어 있음으로

너무 사랑하지 말라 하네
살다 보면 마음이
쉽게 변할 수 있음으로
너무 욕심내지 말라 하네
살아가는데 많은 것이
필요치 않음으로

너무 고달파 하지 말라 하네
사는 중에 내 마음대로
되는 일이 아니므로
너무 후회하지 말라 하네
지나간 날이 쌓이고 쌓여
삶이 더 의미가 있음으로

내가 산다는 의미는
오로지 자신을 사랑하여
존재를 알리기 위한 것이므로

밑그림

사람 사는 일은 모른다
언제쯤 밑그림이 그려지고 구도가 짜여
이 시대 무슨 일이 벌어질지 알 수 없어
누구나 삶 속에서 그림을 그려 보지만
섬세한 밑그림으로 자기를 투영할 수 있을지

어떤 기초로 무슨 그림인지 알 수 없으니
그림을 그리다가 포기하는 자도 많아
자기를 그리지도 못하고
백지로 남는 허무함을 맛본다
그렇지만 삶의 진정한 밑그림을 그리고 싶다

나 자신을 대하면서 보람 있고
그리면서 행복한 그림으로 남는
훌륭하고 공감하는 그림으로 완성하기 위해
아름다운 밑그림을 그리면 좋겠다

민들레

널 바라본다

자태에 반하고
용기에 미더우며
훌훌 털어 버림에 부럽다

내 발걸음이 가볍다

시간은 내 편

현명한 자는 시간을 이끌고
우둔한 자는 그에 이끌린다
내가 고독할 때 그에게 위로받고
행복할 땐 잠시 머물며
어떤 때는 나에게 고마움을 주지만
때때로 미워할 때도 있다

시간은 슬기롭다.
시간을 아는 자는 고마움을 느끼고
시간을 모르는 자는
시간의 고마움을 몰라 허무함만 안겨준다

시간은 누구나 똑같이 주어진다
시간을 자기에 유리하게 하고
시간에 구애받지 않으면
시간은 내 편이다

시간에 떠밀려 붙들지 못한다면
시간에 지고 삶에서 패하고 만다
시간은 나를 주시하며
시간에 이끌려 나는 오늘도 간다
시간은 내 편일 거야

제목 : 시간은 내 편
시낭송 : 박영애
스마트폰으로 QR 코드를 스캔하면
시낭송을 감상할 수 있습니다

봄비

너와 나 힘겨웠던 시간
삭막한 대지를 적시며
내 영혼에 이끌려 네 몸짓과 함께
봄비 되어 아침을 맞는다

봄비 내리는 이 순간
꿈을 꾸는 달콤한 유혹이
애타게 기다린 시간이 지나고
봄비는 아련한 덧셈 위에
차분히 적신다

그는 메마른 내 가슴과 내 어깨를 감싸며
잠재의식에서 살포시 깨어나
새로움을 준비하는 끈이 되어
잠에서 깨어나 반갑게 맞는다

4부 삶의 계단을 오르며

단비 오는 밤

나는 꿈과 만나던 밤
나를 부르는 소리에 문득 잠이 깨었다

창문에 귀 기울이고 있을 때
밖에는 아무도 없었다
다시 누워 잠에 빠져드는데
지척에서 들리는 너의 숨소리

네가 온다는 소식 알았다면
뜬눈으로 기다렸을 텐데
바람 타고 살며시 다가와
귓가에 속삭이는 달콤한 소리

오, 보고픈 마음에
급히 문을 열고 나가니
후드득후드득 감잎 끝에
하염없이 떨어지는 달콤한 소리

대나무를 보며

종일 곧게 세우고
세찬 바람에도 아랑곳없이
꼿꼿하고 푸르구나

때론 고요한 듯
때론 소란한 듯
캄캄한 밤도 환한 낮에도
오직 한 마음
허리 굽혀본 적 없다

마디마디 꽉 막힌 옹고집
속절없는 그 많은 사연
남몰래 감추며 살아온
지나온 세월 묵묵하도다

숲길을 가다

하늘이 감춰진 숲길을 걷는다
빗살 치는 햇살, 햇살
나뭇잎이 우수수 쏟아질 듯
한낮에도 어두운 커튼 드리우니
아늑하고 평온한데
들꽃은 마지막 분홍빛을 머금어
아련함에 흔들리고
계곡물 흐르며 수줍어 웃는다

파란 하늘은 숲과 어울리는데
멀리서 지켜보던 흰 구름은
따사로운 눈길을 피해 그늘에 숨는다
여기저기 산새 소리 메아리 되어
숲속은 어느새 생기가 가득한데
숲길 따라 오붓함이 넘쳐나고
삶의 풍요를 가져다줄 새 기운을
가득 담아 세상에 펼치리라

세월의 뒤안길

산은 푸른 물결로 일렁이고
사방에 굽이굽이 흐르는데
더워진 바람은 구름을 거닐고
어제처럼 산등선에 닿는다
뜨거운 햇볕이 비출 때
어느새 님을 잃은 딱따구리는
마구마구 나무등줄을 쪼아댄다

빗물에 몸을 씻은 바위는
세월의 애환이 뭉뚱그려진 좌불로
얕은 염불 소리에 이어져
어둠 속에 끼어 깊숙이 묻힌다
높은 집들이 골짜기에 쌓여
시름을 실은 수레에 걸터앉은 채
인정마저 사나워지고 있는 걸까
우리는 세월의 뒤안길을 가는 걸까

고향 집터

앞마당에서 뛰놀던 발자국 그득하고
감 꽃잎 움트며 바람 따라 떨어지면
앞뜰에선 송아지 배고파 어미 부르는데
여기저기 주름진 세월만큼 덧없네요

옛 고향 집터를 어슴푸레 비추는데
흩어져 우거진 이름 모를 풀과 꽃
돼지김자 줄기마나 추억이 얼리고
옛 추억 그림자가 수북이 쌓였네요

억수로 내린 비로 흙탕물이 되어
언제 그랬는지 모르게 우물을 덮치고
좁아진 개천이 아직 그때를 말해
그때 비친 그늘에 아직도 멈추었네요

온통 옛 그림자가 가득히 남았으니
그때는 텅 빈 가슴으로 떠나고 말겠지만
아련함을 머금고 아직 멈춰있다면
그래도 빈손보다 낫지 않을까요

시월은 가는데

하늘은 유난히 파란빛으로 물들고
흰 구름도 산등선에 기대는데
호수도 깊어져 한결 선명하게 비추고
사방에 울긋불긋 빛잔치가 화려하다

시월은 조용하다
어제까지도 꽉 잡은 손들이 느슨해지고
너도나도 제집 찾는 철새처럼
이별의 날갯짓을 하는가보다

바람에 흔들려 우왕좌왕하던 너는
어느새 그 당당함도 감추고
이젠 수줍은 듯 헤어져야 할
나도 너를 향한 그리움이 배어든다

내일을 맞는 조급함에 몸부림치지만
너도 찬바람에는 별수 있는가
어느덧 옷깃 여미고 전신을 움츠리며
이른 아침 서릿발을 밟아야 하는가

세월의 주름

고속도로 옆 길 오랜 시간 오갔던
꾸불꾸불 비포장 시골길
햇볕 머무른 산과 숲
들판에 흐르는 물길 따라
지평선을 만났다.

들녘과 하늘을 이어주는
파도치는 해안 길 따라
햇볕이 넘치는 수평선을 만났다

바다와 하늘을 맺어주는
비바람에 만신창이가 되고
눈보라에 방황해야 했던
세월이 만든 얼룩
이제
감출 수 없는 세월의 주름

과유불급(過猶不及)

비 올 때를 보라

연잎에 빗물이 떨어지면
잎이 일렁일렁
물이 차면 쏟아 버리고
물 적으면 그대로 남는다

기울어진 질그릇엔
비 올 때 물이 담길 수 없고
반듯하게 놓인 그릇엔 물이 담긴다

살아가면서
가끔 되돌아본다

자기 마음의 그릇이
제대로 놓여 있는지
너무 많은 것을 담으려 하는지
과유불급(過猶不及)이던가

이별의 슬픔

어둠이 오는 길목에 내 마음은
갑자기 떠난 임이 보고 싶어
외로움에 떨고 있습니다

어느 때보다 뼈저리게 사무치고
오늘도 길어진 시간에 홀로
아픔을 가슴에 묻어야 하는
멀리 떠난 그 사람이 너무 밉습니다

밤하늘에 별이 하나둘 반짝이면
그대를 생각하는 내 마음은
언제나 흐릿해진 별이 되는데

시간이 지나 어둠이 익숙해지듯이
이제는 그만 떠나보내야 하는데
이별은 나에게 익숙해지질 않습니다

제목 : 이별의 슬픔
시낭송 : 장화순
스마트폰으로 QR 코드를 스
시낭송을 감상할 수 있습니

세월(歲月)

세월은 멈추지 않고 흐른다
구불구불 바다로 흘러 하늘빛을
파랗게 물들이고
또다시 하늘로 흘러간다
세월은 순조롭지 않게 흐른다
함초롬한 수면을 휘둘러 강물 위에
노니는 철새들을
흔들어 훼방하면서 흘러간다

세월은 모든 것을 어우르며 흐른다
강 밑 물고기는 힘차게 헤엄쳐
거센 물살 거스르면서
모두 함께 어우르며 흘러간다
세월은 언젠가 나의 곁을 떠난다
가뭄에 하늘을 쳐다보고 비 오는 날은
땅에 고개 숙여
쉬지 않는 세월이 아쉽기만 하다.

사패산에 오르면

땅을 밟고 자연의 숨결에 빠져들어
숲과 계곡의 물줄기에 자린고비 씻는데
콩닥콩닥 요동치는 심장에
하늘에서 넓은 세상을 얻은 듯
여기 정상이든가

산봉우리마다 무거운 짐을 머리에 이고
또 어깨에 멘 그 세월이 얼마였나.
널따란 바위에 짐 맡기고 나니
지난 세월 돌아보면 멀리 요동치는
자연으로 넘치는 푸른 물결

사패산 정상에서 역사를 더듬어 다잡아
새 세상을 가고자 하니
초라하고 조그마한 인간의 품을 떠나
광활하고 올바른 길로 떠나는 듯하다

삶의 지혜

나는 언제나 홀가분한 차림이 좋다
한껏 준비하여 함께 가는 건
복잡하고 번거로움이 아니던가
내 옆에 당신이 있다면 더 좋겠지

누구나 시간의 흐름에 따라
삶의 고동을 잇고 늙어가지만
산다는 모습을 보여주는 것은
자기 스스로 믿음이 있어야 한다

삶은 두려움을 멀리하려 하여
배려와 관심에서 출발한다고 하면
나는 언제든지 그 앞에 나서도
떳떳한 웃음을 지을 수 있으리라

사랑하는 아름다운 손길에 따라
기쁨을 찾는 손짓으로 알아야 하며
삶의 지혜는 진정한 의미를 부여하여
그에게 나를 접목해야 할 것이다

제목 : 삶의 지혜
시낭송 : 박순애
스마트폰으로 QR 코드를 스캔하면
시낭송을 감상할 수 있습니다

89

나팔꽃 인생

산 넘고 물 건너 멀리 떠날 때
너를 향해 소리높여 불러봐도
이것저것 뿌리치고
나도 함께 떠나야 할 것만 같다

다정했던 네 모습이 눈에 밟혀
내 안에 찐한 여운을 안겼으니
나는 잊을 수 없어
언제쯤 만나려는지 조바심 난다

그리움과 슬픔을 듬뿍 머금은
너의 아련한 자태
손을 잡은 채 이별의 슬픔을 달래보려
이 짧은 순간 한 번쯤 마주하길 원했지만
이렇게 나팔꽃으로 피었나보다

지금도 애틋한 모습으로 활짝 피어
한껏 아름다움을 뽐내는데
다시금 산 넘고 물 건너 떠나는
너를 볼 때
내 마음 허무하기 짝이 없구나

제목 : 나팔꽃 인생
시낭송 : 박영애
스마트폰으로 QR 코드를 스
시낭송을 감상할 수 있습니

밀물과 썰물

너무도 화가 난다
치미는 울화통이 터질 것 같은데
화는 풀리질 않아 미칠 것 같다

세월의 물결이 쌓이고 또 쌓여
내 가슴을 억누른다
눈보라 치고 바람 부는 빗속을 걸어도
지금처럼 화나지는 않았을 거야
왜 그럴까?

밀물과 썰물을 거스른다 해도
숨이 콱콱 막히고
피어오르는 뿌연 안개처럼
엄습하여 화가 치밀어 오르는 것은
왜 그럴까? 생각해 본다

조용히 나를 보고
모든 일이 즐겁고 행복하며
길 따라 숲길을 여기저기 거닐면서
마음의 평온을 쓸어쓸어 담으며
꽃봉오리가 터지는 것처럼
활짝 피어난다면, 이것이
밀물과 썰물의 인생사가 아닌가

희수(喜壽)에 내가 서다

어디서 왔으며 어떻게 왔는지
까마득한 옛일은 아닌데
혼잡한 세태에 휩쓸려 왔으니
떳떳하진 못했어도
그래도 서짓은 없었나 하나
내세울 건 없어 조급함이 남는다

바빴던 시간 빨랐던 순간이
나 모르게 스쳐 갔으니
이제 시작일 뿐,
나 여기에 서 있다는 것
낙천적이며 자신을 희생하고
누구를 위한 배려에 빠져
옆 사람과 함께라 가능한 듯

진심을 의심하고 삶 속에 섞여진 허무가
자리 잡아 나를 속이는데
어언 희수 喜壽에 내가 섰으니
얼떨떨한 내 몸에 이름 깊이 새기며
나를 일으키려 재촉하는구나

나 그리고 마음과 몸

남을 속이는 사람보다 더 나쁜 사람은

나를 속이는 사람

남을 믿지 못하는 사람보다 더 불쌍한 사람은

나를 믿지 못하는 사람

남의 위로를 받지 못하는 사람보다

더 슬픈 사람은

나를 위로하지 못하는 사람

마음을 산에 두면 산으로 몸이 가고

마음을 바다에 두면 바다로 간다

마음을 좋은 곳에 두면

좋은 곳으로 몸이 가고

마음을 나쁜 곳에 두면

나쁜 곳으로 몸이 간다

몸은 마음의 그림자다

마음 두는 곳으로 몸이 간다

어설픈 삶

험난한 언덕배기를 기어오르듯
물살이 거센 개울에 다리를 놓듯
어제 같은 오늘을 맞는 하루는
내가 지나온 날에 한숨을 삼키고
삶이 퇴색되있어도
좀 더 미련 없이 돌릴 수 있다는 건
사랑하고 싶어도 사랑하지 못하는
이런 어설픈 삶에서 머문다

험준한 산길도 평탄한 길처럼
흰 구름도 파란 하늘을 느긋이 휘돌고
내일 같은 오늘을 맞는 기쁜 마음에
내가 다가오는 날을 부여잡고
운명에 윤기를 더하듯
차곡차곡 채우는 그런 모습은
삶 속에 끊임없이 활력을 넣는 일
기대의 삶에 다가서고
어설픈 삶을 벗을 것이다

아름다운 삶의 몫

당신의 너그러운 마음이 부럽습니다.
사랑하는 마음도 아름답고요
행복한 순간을 맞는다는 것이
삶을 편안하고 아름답게 하는
뚜렷한 방법이라 여깁니다

서로 알아주고 믿음 주는
그런 사이면 좋겠습니다
내가 화나고 짜증스러울 때
다독이고 감싸주는 그런 사이
너에게 미움과 슬픔이 생길 때
위로해주고 웃음 주는 그런 사이

변화무쌍하고 기복 있는 일생을
순화하는 일이 필요함을 잘 압니다
몸이 아파 괴로울 때
위로하고 편안한 쉼을 한다는 것
어려움에 부닥치어 고민할 때
해결하고 말끔히 씻어주는 것

당신의 아름다운 마음이 부럽습니다
자기 일처럼 하는 것이 좋고요
남을 배려하여 편안하게 하는 것이
서로 삶의 몫을 나눌 수 있는
지혜로운 방법이라 여깁니다

사람 사는 구석

기다림에 익숙하다 한다
혼자가 아니니까
보고 싶은 사람과 먹고 싶은 것
하고 싶은 것도 나를 기다리게 한다
산다는 것이 기다림의 연속이 아닌가

지나간 일들이 무엇이든
살아가는 곳에서
소용없다는 생각이 떠나질 않고
머무는 것은 무엇일까

인간미는 가장 소중하게 여기는 삶에서
꼭 필요한 단비라 하고
어울릴 수 있는 사랑의 클라이맥스이니
어딘가 위안의 현실을 직시함이다

믿음을 여기라 한다
혼자가 아니니까
언제나 살면서 기대고 함께 산다는 것
내가 바라며 하고 싶은 것은
믿음과 사랑에서 이루어질 수 있으니
언제나 살맛 나지 않을까?

삶은 길을 걷는 것

넓은 길 좁은 길 험한 길
상관없이 길을 걷는다
함께 걸을 수 있다면
그건 행복이고 즐거움일 거야

길을 걷노라면
내 뇌리에 스치는 일들이
온몸에 빠져들어 무아지경이 되는데
결국 허무와 후회만 남는다

길을 잘못 들어 헤맨 적도
순탄하기만 해 밋밋하고
때론 혼자라서 당황하기도
그 또한 피할 수는 없으리라

이제 힘들고 험한 길보다는
가벼운 발걸음으로 서로 손잡고
흥겹게 걷고 싶을 뿐이다
이처럼 삶은 길을 걷는 것일까?

여행길

심신은 바람에 날려 가벼운 채로
내 자리를 끈질기게 휘감은
그 무엇도 과감히 떨쳐버리고
여행길을 서둘러 나서면 어떨까

여기를 떠나면 또 다른 곳에
떠나면 떠나는 대로 함께한다는 것
인생길과 같거늘 왜
머뭇거렸는지 이제야 깨달았지

낯설지만
고향 같은 포근함을 알아
이렇게 나서면 내 마음은 새가 되어
그곳에서 하얗게 지새우는 날
드디어 새롭게 태어날 수 있겠지

역경의 굴레

인생은 시련과 함께 있는 것
이것을 통해 빛나게 됨은
비로소 행복을 찾는 길이 된다

평탄한 삶의 그림은 걸작이 없고
역경을 극복하여야
그것이 아름다움을 알게 되지

'가난한 아이들 말에
귀를 기울여라
지혜는 거기서 나온다'

봄꽃이 피는 에너지는 기적
꿈이 있는 한 나이는 함정일 뿐
눈 속에 피는 꽃과 같은 것을

5부 내 마음 설레네

4월 어느 날

꽃눈이 내리는 4월 어느 날
길가 벤치에 앉으려니 떨어진
꽃눈이 자리를 차지했어요

물끄러미 꽃을 바라보니
너풀너풀 바람 따라
흥에 겨워 춤을 추네요

헤어지는 아쉬움보다
이별의 홀가분함이 있어
너도, 나도 웃으며 떠나네요

또 하나의 만남을 위해서
선뜻 자리를 내어 주니
함께 소중함을 알게 되네요

하와이에서

태평양 물줄기에 외로이 남아
태양도 안쓰러워 빛을 모으니
와이키키 해변은 뜨겁도다

바다에 기댄 해변 도로에
남겨놓은 발자국이 절벽마다
시름이 바람 속에 깃들었도다

주고받는 무언의 날갯짓이
어슬하게 펼쳐진 바닷가에
모래로 남아 발등을 적시노라

화산구에 널브러진 질그릇처럼
언덕에 얹어 놓은 다이아몬드 헤드
그때를 닮은 것은 다행이었을까

끝없는 수평선에 맞닿아
숲을 하늘에 눕혀 햇살을 막고
나의 편안한 안식처가 되리라

겨울 한강

강물이 꽝꽝 얼지도 않아
찬 바람만 물 위에서 방황하고 있으니
철새는 겨울이 아님에 실망하는구나

강물에는 그림자도 없어
강바닥에 가라앉은 그림자를 꺼내려
새는 연신 물장구를 친다
날갯짓도 바람에 맡기어 스러진다

짱 짱 겨울은 언제 오는가
겨울은 물 아래로 가라앉아 흐르는데
멎을 수는 없지 않은가

물속 그림자를 찾아 헤매고
얼음이 없어 겨울을 빼앗기고 있는
겨울 한강은 언제 제 모습을 볼 수 있을까?

여름과의 이별

구월은 침묵으로 가을을 그린다
칠 팔월의 뜨거운 가마솥 열정이
아직도 가을의 문턱에 가득 넘친다

숲에 숨겨둔 수많은 가지와 잎들
한껏 뽐낸 자태를 어루만지며
아쉬움 남겨둔 채 떠날 채비를 한다

여름이 떠나는 자리
귀뚜라미 울음소리 바람 소리
마지막 이별을 알리고 가는 발길
달랠 수 없어 떨리는 손 내민다

이 순간에

여기에 머물고 있다는 것이
욕망을 송두리째 빼앗긴 것처럼
포기하고 망설이고 있는 것일까
언젠가 이 순간도 오지 않을 수 있으련만
덤덤한 내 마음 무어라 말할까

한 번뿐인 이 순간에
너울진 그리움과 남아있는 사랑의 빛
떠난 뒤 어둠으로 꽉 채워 내일을 기다린다

새들이 둥지로 날고 강물은 춤추는데
그토록 화려했던 들판에
지난 흔적들이 아직 남았음을 너는 알겠지
어느덧 뒤안길로 접어들어
홀연히 떠나고 마는가

헤어짐은 떠나는 것이 아닌
다시 만나는 것

또다시 만난다는 이별도
이 순간은 머물고 싶을 뿐
흐르는 세월과 떠나는 시간은 함께
기다림으로 잉태되는 이별의 슬픔이
이 순간은 즐거움으로 승화되면 좋겠다

비에 젖는데

소낙비가 내린다
줄기차게 주룩주룩 내린다
내 마음을 내 자리를
흥건히 적시면서

뜨겁고 지루함이 가시고
하루를 담고 담아
찬바람을 부르니
인생의 비탈길에 머무네

비는 그치련만
온갖 뒤엉킨 내 자리는
젖고 또 젖나니
비를 원망한들 무슨 소용인가

가을의 삶

찌든 옷깃에 얼룩져 지친 땀방울 맺고
고즈넉한 안개가 피어오르는데
나무 밑 그늘에 떨어진 낙엽은
추억 속을 뒹굴며 사방으로 흩어진다

누런 들판에 배부른 황소 소리 들리고
내 가슴에 맺힌 허전함을 달래는데
그래도 내 마음 만족할 수 없으니
누렁개도 냄새 맡으며 종종걸음친다

만물은 금속처럼 갈그락 부딪치고
내 모습은 앙상한 헛발질만 해대는데
좀처럼 흐뭇한 얼굴 모습 볼 수 없어
깊은 가을 길목으로 내닫나 보다

매년 가을을 살고 또 살았지만
내 곁에 마음껏 풍요를 이루리라 믿었지만
내 가을의 삶은 예전 같지 않으니
생기를 얻으려 나를 찾아 충전한다

경험(經驗)

길을 가다가
가끔 난
예쁜 꽃을 만날 때가 있다

어느 때는
어둠 속을 헤맬 때도 있다
그럴 때면
멍하니 정신이 없다

그것이
지금 내가 겪는 일이다
그게 내 시다

아름다운 삶

생각이 깊은 자는 말을 하지 않고
생각을 합니다
생각이 없는 자는 쓸데없는 말만
생각 없이 합니다

언제나
말보다는 밝은 미소와 침묵으로
잔잔한 물이 깊은 것처럼
믿음이 가슴을 감동케 하는 것처럼

깊이 있는 말은
사랑의 감동을 전할 수 있음에
이것이 바로
우리가 원하는 아름다운 삶이 아닐까

귀향(歸鄕)

싸리나무 문과 초가지붕이 잠든 밤에
푸릇한 보리 냄새 풀풀 날리는
나 고향으로 돌아가리라

노을빛 비칠 무렵 그대와 함께 있어
앞산 등 선에 뭉게구름 모여들 때
나 고향으로 돌아가리라

뜨거운 햇살에 땀방울로 등짝 적시고
동산에 올랐던 친구가 그리워지면
나 고향으로 돌아가리라

지난 세월 사뭇 아쉬워 못 잊는 날에
옛 시절 그리움에 머뭇거린다면
나 그곳에서 오지 않으리라

하늘공원에서

한강 변 세월에 넘친 찌꺼기
바람에 날던 뱁새 따라
날개 접은 지 언제이던가

숲길에 얽힌 사연 하얀 깃발로 물들어
생명을 이어 왔으니
하나의 고귀한 선율이던가

파란 하늘 밑 억새가 춤추며 반가워하고
지난 세월의 흔적에서
그 사연 이제야 알 듯하던가

공원을 가로지른 길이 사방으로 뻗어
노란 국화 핀 옆길을 걸으면
한층 정답고 싱그러운 기운을 맞는다

한강의 석양

흔들리는 나뭇가지 까치집 하나
널따랗게 펼쳐진 황금빛 강물
강변 버드나무는 아침 되어 머리 풀었네

좁다란 산책길 갈대밭에 이어진
석양의 그림자에 비친 넘실대는 물비늘
붉은 낙조가 한강교를 건너 남산에 안기네

산들바람은 수채화 그림으로 머물고
백조가 떼 지어 강물로 내려오니
함박눈처럼 햇볕 따라 하얗게 쏟아지네

황금빛 물비늘에 하얀 꽃 내리는데
파란 강물과 쪽빛 하늘이 어울려
어둠이 붉은 노을을 꿀꺽 삼키려나

여름 이야기

오늘도 밝은 빛이 내려와
나와 마주쳐 뜨겁게 달구어지면
흩어지는 바람 따라 나부끼고
빛이 오고 가는 곳마다
바람이 달려와 또 다른 빛이 된다

푸른 숲은 후들후들
즐비한 아파트 숲은 휘청휘청
추운 날을 생각하며 열기를
한데 몰아 숲속에 간직하는구나

여름은 열정으로 살고
이글거리는 사랑으로 애무하니
하늘과 땅에 묻었다가
찬 바람 불면 뜨겁게 뜨겁게
그때 잃은 사랑 다시 되살린다
이 여름 떠나기 전 가슴에 품고
아름다운 추억을 한데 묶어
저 숲속에 가득 채워 간직하리라

상생(相生)

한 그루 나무는
옆에 있는 나무를 알고 있을까
그림자도 있음을 알고 있을까
서로 하늘만 우러러보며
제 갈 길 가려 하는데
무엇이 필요한지 서로를 알아줄까

차갑고 메마른 겨울철
칠흑 같은 밤
폭우가 퍼붓던 날
나무들은 서로서로 의지가 되어
외롭지 않게 말이라도 건네고 있을까

땡볕에 서로를 의지하는
그늘의 동행이 되어도
알아주지 못한다면
한 계절이 지나 잎이 다 떨어질 때까지
저 외로움 어쩌나
바람 부는 날 울음 내는 나무들
그들의 속내가 궁금한데
서로서로 위로하고 이해해야지
상생(相生)으로

구월은 소네트 아침

마이삭을 쫓았는가
비바람에 씻겼는가
그렇게도 우렁찬 매미 소리

눈 씻고 귀 열어도 들리지 않아
여기저기 풀벌레 소리 새 소리
내 귀에 매달려도 계단은 어제 같다

찬바람이 옷깃에 스며들던 몸뚱어리
어느덧 달려보고 또 달리는데
수풀 섶엔 이름 모를 열매가
하나둘 얼굴 내미는데 순진한 척
나는 너를 보고 계단에 올라
구월의 소네트 아침을 맞는다

내 마음 설레네

오늘이 지나고
또다시 아침이 오면
그대 생각에
만나고 싶은 마음
가득 채우고 나니
날따라 사뿐사뿐
걸어오려니
내 마음 설레네

시간이 지나고
사랑은 깊어가는데
그대 생각에
만나고 싶은 마음
가득 채우고 나니
어딘가 사뿐사뿐
걸어오려니
내 마음 설레네

계절이 지나고
또다시 길을 걸으면
그대 생각에
만나고 싶은 마음
가득 채우고 나니
그 님이 사뿐사뿐
다가오려니
내 마음 설레네

저녁 노을

빨간 드레스 붉게 물든 얼굴
내일을 부르는 노래와
오늘을 보내는 아쉬움과 함께
불타고 있는 노을에 취한다

내 삶이 언젠가 마지막이라면
이 순간 뜻깊은 회한이 되어
그대를 위한 따스한 입술로
뭉클한 고독을 삼키려 한다

여기 이 노을을 떠나보내고 나면
새롭게 맞는 내일을 꿈꾸어
내 뜻을 사랑의 끈으로 묶어
모두에게 그 몫을 건네주려는데
우리 생은 저녁노을처럼 순간이던가

겨울을 떠나보내며

이른 봄날 꽃의 다툼에 가슴 설레는데
마지막 일요일 새벽부터
움츠린 가엾은 날개 되어
겨울을 떠나보내려 하네
세월은 빨라 아쉬움만 스며드는데
물길은 막을 길 없고 수줍음에 못 이겨
활짝 핀 꽃 앞에 다가서네

하나둘 흐트러진 기억 속에
시간과 공간을 떠나
기약 없는 길을 떠나려는데
그래도 봄 길이거늘
부푼 가슴에 기쁨을 만끽하네

내가 바람처럼 떠난다면
즐겁게 봄 길을 완주하여
너와 나의 지친 마음 풀고
정상적 일상으로 돌아가게 될
그때를 기다릴 뿐이라네

7월이 오면

한해의 반은 가고 나도 모르게 옷을 벗어
무더운 바람을 맞는다
싱그러운 숲속을 스치던
상큼한 기운은 어느덧 땀에 젖어
7월은 파릇한 얼굴로 넌지시 손짓을 한다

저물기만 기다리던 날이 보람도 없이
열대야에 오늘도 끙끙거리던
앞마당 감나무는 가슴에 품있던
자신의 분신을 떠나보내며 일찌감치 이별한다

사립문 울타리에 피었던 능소화는
아름다움을 마다한 채 눈치도 없이
생명줄을 끊으려 여기저기 투신하고 만다

누구는 생기를 머금고
누구는 지쳐 갈팡질팡하니
지금 전환의 순간이라 여겨져
나도 새 생명의 뒤를 따라나서려 하는데
7월 어느 날
나를 찾아온 고통을 한번 되짚어 본다

책장을 넘기며

내가 읽고 있던 책은 초록 빛깔
그곳에 적힌 글자는 연분홍 글씨
작은 글씨로 이어진 사랑의 맛점
어느덧 퇴색되어 흐트러진
마음으로 떠났나요

내가 책장을 넘길 때 그곳에 남긴
아름다운 길 따라
그리움으로 남는데 사랑을 움켜쥐고
나 홀로 지샌 외로움
눈물이 가득 고여 매듭으로 남았나요

봄이 오는 소리

세찬 바람 소리
밤사이 찾아온 반가운 손님
늦게라도 나를 떠난 품속에
어김없이 찾아왔으니
반갑고 기특하다

낯선 밤에
누군가 속삭이는 귓전에
깊은 시름 덮어 버렸을 이곳
내게 용기 주는 봄이 오는 소리
어릴 적 추억이 새롭다

매섭고 삭막하던 그때
따뜻한 품에 다다라
언제나 그렇겠지 할 시간에
지금은 봄이 오는 소리
나 여기에 잠시라도 멈추었으면

나의 운명(運命)

뙤약볕에 그을리고
비바람에 시달리며
어둠 속을 헤매는
그 시간이 얼만큼 흘러갔나

오늘뿐이던가, 좋았던가
타고난 운명이려니
나만이 아닌 것을
그래도 그때는 기댈 곳이 있었지

더위가 지나
싸늘한 바람 소슬할 때
떠나갈 몸 버티고 앉아
미련을 떨쳐버리려 하거늘
이 또한 쉬운 일이던가

퇴색된 헝클어진 내 몰골
내일을 기다리기 부끄럽지 않는가
그렇게도 힘들었던 모습
그대에게
살며시 말하노라
정말 정말 사랑했노라고

6부 지금도 그 마음을

하얀 무궁화

이 땅에 만고 피고 지고
우리와 함께했는데
숭고한 나라 숨결이 되어
하얀 무궁화 꽃잎에 스며들었다

어느 때부터 어디서나
붉게 물들어 버려
그렇게도 애타게 보고 싶은
하얀 무궁화 곱게 피었구나

끊임없이 이어온 슬픈 역사
이제는 몽땅 잊어버리고
붉은 색깔 씻어 흘려보내자

지속한 서로의 갈등과 불신
이 활짝 꽃핀 동산에 모여 모아
다 함께 손잡고 힘차게 날려보자

이 땅에 만고 피고 지고
하얀 무궁화 우리와 함께
통합과 믿음을 영원히 피워보자

바다는 나를 부른다

바다에 파도가 없다면 얼마나 삭막할까
파도는 어디에 머물다 밀려오는지
한시도 조용하지 않고 주저하지도 않아
서슴없이 마다하지 않는다는 걸 안다

너에게 다가가면 내 몸은 천근이 되고
답답한 내 마음이 물결 위로 사라지는 듯
갈매기 되어 쌓여온 서러움 실어 보낸다

지난 세월 쌓인 아쉬움과 함께 여기에 왔으니
힘겨운 발길로 나를 향해 소리쳐 보았으나
그 안에 숨겨진 한스러움 끝이 없다

지금까지 살아온 그 많은 시련이 많았지만
영혼을 일깨워 바다의 가슴으로 감싸주리
나를 포근히 감싸 위로하여 행복의 기쁨을 위해
너는 나를 부르니 내가 그곳까지 가고 싶구나

제목 : 바다는 나를 부른다
시낭송 : 최명자
스마트폰으로 QR 코드를 스캔하면
시낭송을 감상할 수 있습니다

한강은 흐른다

큰물 우리의 젖줄
북한강 위쪽 야트막한 산 밑
맑은 물꼬를 터 담긴 수조(水槽)
사방에서 모여
물줄기 잉태되어 흐른다

북한산 인왕산 남산을 품고
마포나루 머물 적에 물줄기 휘돌아
여의에 쌓이니 섬이 되고
큰 줄기 흘러 흘러 서해로 나가
큰 세상을 만났다

그 얼마나 가슴 멍들고
오금 저린 일들이 많았던가
흐트러진 몸을 추스르고
자유와 정의를 위해 사악(邪惡)의 무리를
저 푸른 강물 속에 던져 버렸던가

한강은 세계로 가기 위해
지금도 흐르고 있다
21세기 새로운 물결 웅대한 깃발처럼
한 민족의 정기를 담아 자유로운 영혼으로
한강은 흐른다

제목 : 한강은 흐른다
시낭송 : 박영애
스마트폰으로 QR 코드를
시낭송을 감상할 수 있습니

겨울 그림자

겨울은 어디에 머무는가
서서히 다가오면서 그림자로 남아
낮엔 검은색으로 밤엔 하얗게 머문다

때로는 매섭게 오고 때론 다정하게 온다
난 그래도 말을 건네려 하고 품에 안긴다

겨울은 자신이 냉정하고 모질다지만
다행히 모든 걸 비춰 줄 그림자가 있다
그동안 가슴에 쌓인 한을 풀어 놓을 것이다

어머니의 따뜻한 품에 안겨 설움을 달래듯
그림자에 다 풀고 싶을 것이니
그래야만 서서히 떠나고 난 후
또다시 봄이 찾아올 테니까

허무(虛無)

산다는 것이 이것만은 아니겠지
이 세상에 태어나면
일평생 즐거움만 있는 줄 알았었지
그렇지 하고 생각했는데

문득 그때를 생각해 보니
그래도 꿈을 꾸고 있었다는 것이 좋았었지
먼 곳인 듯하나 내 곁에 있어
허무했던 마음 먹구름처럼 몰려오는데
언제쯤 소낙비가 내리며
천둥 번개가 일어날지 알 길 없어

먼 산을 바라본들
하늘에 양손을 펼쳐본들 현실은 바뀌지 않고
내 육신만 편안해지기를 바라는데
언제나 임과 함께 있기를 바랄 뿐

내 인생 나의 것인데 왜 남을 원망하는가
내가 좋아하는 것만 해야 한다면
그 무엇이 행복할 수 있으랴
모든 것 내려놓으려니 나 자신을 떠나라

밤나무

깊은 산 휘늘어진 밤나무 숲
가시 돋친 파란 밤송이가
탱글탱글

계절의 전령인가
머지않아 누런색으로 변하면
너도나도 하품하며 큰 이빨
마구마구 드러내겠지

딱딱한 밤톨 하나둘 셋
비바람 모진 더위 다 이겨내고
무엇을 위해 봄부터 참았던가
당신을 위해 기다렸나

너무나 기다려지는 것은
당신이 제일 좋아하니까
누런 밤톨 하얗게 만들면
맛깔스러우니까

인간관계(人間關係)

삶의 오아시스처럼
천지에 비추는 햇살 따라
평온한 마음으로 길목에 다다른다면
너무나 아름답다는 것을 안다

혹시 실수해도 받아주고
마음 가볍게 가까이서 보듬어 준다면
서로 변하지 않는 관계를 맺으면
인연의 꽃을 피우리라

내가 지나온 길목에 시원한 그늘을 만나고
꽃 같은 아름다움으로 우리 사이를
영원히 존재할 수 있을 테지
언제까지 좋은 인연으로 이어질까?

동백꽃

겨울 한파에 움츠린 식물 중에
혹독한 칼바람을 마주하며
또렷한 꽃망울 자랑하며 내보이는 꽃

이보다 혹한의 시련을 견디면서
고매한 의지로 새롭게 나타난
영혼이 승화되는 불길은 없으리라

세찬 바람 나부끼는 나무 사이에
의연한 자태의 고귀한 기개가
거룩한 생명이 잉태한 상징일진데

찬 서리 얼어붙은 땅에서 보란 듯
수줍은 몸 사위에 극치의 붉은 꽃망울,
이는 거룩함이고 황홀함이 아닌가?

고독(孤獨)

섬 안에 홀로 파도 소리를 들으면
밖의 모든 것이 파도 속에 잠긴다
내가 일상을 떠난 것이 아니라면
일상이 떠나보낸 것이리라

고독은 내가 바쁠 때가 지나
한적한 거처에 머물며
여기에 언젠가 다다르면
삶도 생이 이루어 놓은 고독이다

꽃들이 만개하고
나무들은 그 아래를 그늘로 만들어
지난 추억을 이어가게 하는데
이제 어디로 갈까
고독은 내가 거처야 할 여정인가 보다

앞서거니 뒤서거니 가자

나는 일평생 달리면서 살고 있는 걸까
오늘도 달리고 내일도 달리고
그냥 걷기만 하면 뒤처져 쫓기듯 달리는데
앞서거니 뒤서거니 가자

내가 어디로 가고 언제까지 갈 수 있으며
또 그때그때 무조건 달리려 한다
언제나 조급한 마음뿐인데 어려움을 피해
앞서거니 뒤서거니 가자

매일 걷고 달린다면 걷고 달려야 할 때를 알아
순간 기쁨과 슬픔에 순응할 줄 알고
일생을 걷고 달리면서 에서 성급하지 않아야
앞서거니 뒤서거니 가자

서로 믿음과 아늑한 쉼터로 사랑을 이루면서
앞뒤 주거니 받거니 즐겁게 간다면
결국 삶이 풍요해지고 아름다워질 것이다
앞서거니 뒤서거니 가자

산영(山影)

그는 서 있을까 앉아 있을까
지금까지는 오래전부터
웅크리고 앉아 한 곳에만 있는
게으름뱅이라 여겼다
이제는 부지런해도
다른 곳에 갈 수 없다고 여긴다

때로는 어둠이 깃들어 답답하고
바람을 막는다고 뭐라 했지만
그가 없었다면 어쨌을까 하는
생각에 아찔하다

더울 때는 그늘이 느리고
숲을 가꾸어 새가 즐기는
물을 가두어 꽃을 피우게 하며
모든 것을 포근히 안아주어
구름과 햇빛이
어깨에 쉬어 갈 수 있게 해준다

내 앞에 가슴이 넓은 산이 서 있다
그는 서 있음이 분명하다
점점 높아져 오르기도 숨차고 힘들다
그렇지만
나를 반기면서 어루만져 준다
그가 앉아 있을 그즈음
나도 앉아 있겠지!

가려 하면

나 혼자 가려 하면
못 갈 리 없으련만
임 떠난 그 길에
혼자가 웬 말이오

어둠이 짙어지면
내 가슴 두려 안는데
그래도 임 따라서 가려 하네

별빛이 비친다면
그 모습 아련하여
내 임 언제 올까 기다려지네

나를 따라 멀리 오고
새벽달 마중에
그임 오실 때 혼자가 웬 말이오

목련화 편지

밤새 날개 편 다소곳한 그대
님 그리워 멀리서 날아왔나
흰 구름에 비친 목련화
얼마나 기다림에 지쳤던가

진정 못 잊은 사랑의 그 언약
봄이 되어 그곳에서
가슴 벅찬 사랑이 아련한데
얼마나 성스러운 자태인가

추위에 움츠렸던 긴 밤에
님 찾는 발걸음이 한결 가벼워
짧은 사랑의 감동이
내 가슴속 새롭게 다가서는가

아침햇살 아래 가련한 네 모습
달콤했던 사랑의 덫에 빠져
한평생 그리움 다 토해내고
열정으로 맞아 주리라

제목 : 목련화 편지
시낭송 : 박영애
스마트폰으로 QR 코드를
시낭송을 감상할 수 있습

벚꽃 소식

어젯밤은 잠을 설쳐 꿈에 취해 헤매다가
아침 창가 너무 밝아
움트던 벚꽃 봉오리 터트렸음을 알았어요

설레는 가슴 조이며 살며시 쳐다보니
뽀얀 연분홍 꽃잎이 아름다운 너를 지탱한 채
오랫동안 볼 수 있기만 학수고대해요

오늘은 봄 내음과 함께 향긋한 벚꽃 내음에
깊은 단잠에 물들어 내 곁에 잠들 수 있기를
난 오늘도 청해 봅니다

오월

아침에 흐르는 계곡물은
내 마음을 씻어주고
들판에 안개처럼 번지는 신록은
내 눈을 맑게 해준다

오월은 내 눈을 뜨게 한 행복한 쉼터
지친 마음 외롭고 고독했던 자리였는데
오월은 내 눈을 뜨게 한
소중하고 행복한 쉼터
혼미해진 마음 따라
외롭고 허전했던 자리였는데
여기저기 빈자리를 메꾸어
그 공간에 화려한 색깔로 채워진다

넌 푸르른 몸짓으로 유혹하고
사랑의 씨앗을 심어준 미련 때문에
오월은 영원히 잊을 수 없구나
오월이여
내 삶의 발자국에 뚜렷한 생기를 주고
젊음을 다시금 찾았으니
이 더한 기쁨이 어디 있던가?

지금도 그 마음을

멀었던 봄 길 아늑한 꽃길
그곳에 당신이 있었지요
발길로 돌고 돌아 한나절
만나는 매무새 아름다웠어요
지금도 그 마음을 알아요

그리움을 한 움큼 두 움큼 쥐어
그대의 곁으로 가고 싶어요
초연의 설렘이 가슴에 남아
내 안에 가득 채웠어요
지금도 그 마음을 알아요

 봄이 온 뒤 그대 곁에 꽃이 피면
저 푸른 하늘을 거닐고 싶어요
한 마리 새 되어 임에게 날아가
난 진정 당신을 만날 수 있을까요
지금도 그 마음을 알아요

다시 쓴 편지

행복했던 내 모습은 언제부턴가
가냘픈 사슴 되어 외로워지면
아련한 마음에서 사랑으로 번지며
가슴이 두근거려지는 것은 나만일까
공간적 사랑의 대화가 삶의 윤활유가 되어
매일 밤 어김없이 사랑의 편지를 씁니다

지금 넌 어디에서 어떤 모습으로
무슨 생각을 하고 있을까
마음속에 자리 잡은 너와 나
둘만이 잉태할 사랑의 씨앗에 막 물을 주었네
싹을 틔우는 진통은 미래에 커다란 기쁨으로
행복한 그 날을 기다리고 있노라면
어느덧 사랑의 수렁에 깊이 빠져 있을 거야

사랑의 씨앗이 싹틀 때 우리 보금자리에서
행복이란 아름다운 꽃 자수를 한 땀 한 땀
찍어 넣으면 예쁜 꽃을 피울 수 있겠지
우리가 언젠가 둘만이 머무를 곳은 어디일까

드넓은 하늘에 정처 없이 떠 있는 구름처럼
석양에 비친 노을을 벗 삼아 떼 지어 날고 있는
기러기도 밤이 되면 짝을 찾아가네요

오늘 돛단배에 사랑을 실어 띄워 보내고
태양 빛이 사라진 밤 메아리로 뱃고동 소리에
미래의 행복에 기대하며 내 가슴 부풀어
너와의 사랑도 깊어지는데
이 순간을 되살려 행복이란 밭을 일구어
풍성한 애정의 열매를 맺으려 합니다.

파도가 스쳐 간 백사장에 발자국을 남기며
밀어를 속삭이면 사랑의 메아리가 들리고
어느 날 달빛 아래 내 품에 살포시 안겨
짜릿한 사랑의 전율을 느끼며 헤어질 때
현실이 진실로 사랑이라는 변화됨을 실감하였어

봄소식이 다가와
담 너머 활짝 핀 동백꽃을 보았어요
당신을 닮은 그 빨간 동백꽃
수줍어 얼굴이 빨개진 동백꽃
마치 그대를 만난 듯 너무너무 반가웠어요
사랑하고 또 사랑하는 그대여
이 한밤 너의 모습 그리며 시간 흐르면
내일은 분명 우리에게 또 올 것이니까

그대 모습 더없이 그리워지는데
보고픔이 남아 있음은
그 사랑이 행복했던 까닭이려니
어두운 밤은 멀기만 한데
님에 대한 그리움은 더해갈 때
우리 아름다운 사랑의 비를 흠뻑 맞는다

까맣게 탄 밤 깨고 하얀 새 되어
지난 시간을 돌이켜 마냥 즐거워지겠지
넘치는 환희를 풍선에 실어 하늘 높이 날고
마음의 갈피에 사랑의 편지를 끼우면
우린 행복의 물을 그릇에 가득 채울 테니까

마음에 자리 잡은 그리움과 사랑을
님과 함께 현실의 꿈으로 엮고 싶어요
지난 시간을 한 다발 묶어 꽃피우고
여기 다시 쓴 편지는 내 마음 진솔하게
고백하는 사랑이랍니다

누구였나요

이 아침 내 삶에 용기 준 사람
이 아침 예쁜 꽃 보내온 사람
누구였나요

이 아침 봄소식 전해준 사람
이 아침 사랑한다고 말한 사람
누구였나요

아, 그 사람이 당신이라는 걸
내 곁에 머문 사람이
오직 당신밖에 없다는 걸
이제야 알았어요

소중한 당신이 곁에 있고
좋아하고 사랑할 수 있어
삶이 더 즐겁고 행복합니다

못다 쓴 편지

윤무중 제3시집

2022년 5월 19일 초판 1쇄
2022년 5월 23일 발행
지 은 이 : 윤무중
펴 낸 이 : 김락호
디자인 편집 : 이은희
기 획 : 시사랑음악사랑
연 락 처 : 1899-1341
홈페이지 주소 : www.poemmusic.net
E-Mail : poemarts@hanmail.net

정가 : 12,000원
ISBN : 979-11-6284-365-9

대한문인협회 주관 2022 "신춘문학상 전국 공모전"에서 대상에 선정되어
출간 비용 전액을 지원 받아 제작되었습니다.